지는 꽃에게 말 걸지 마라

지는 꽃에게 말 걸지 마라

1판 1쇄 펴냄 ㅣ 2021년 7월 10일
1판 3쇄 펴냄 ㅣ 2023년 7월 1일

지은이 ㅣ 김창제
펴낸이 ㅣ 신중현
펴낸곳 ㅣ 도서출판 학이사
　　　　출판등록 : 제25100-2005-28호
　　　　주소 : 대구광역시 달서구 문화회관11안길 22-1(장동)
　　　　전화 : (053) 554~3431,3432
　　　　팩스 : (053) 554~3433
　　　　홈페이지 : http :// www.학이사.kr
　　　　이메일 : hes3431@naver.com

ISBN _ 979-11-5854-311-2 03810

* 저자 사진: 정정희

지는 꽃에게 말 걸지마라

김창제 시집

夢而思 │학이사

자서

어느덧 여섯 번째,

꽃과 꽃 사이

나무와 나무 사이

녹과 땀 사이를 걸어

여기까지 왔다

시의 길은

언제나 아득하다

2021년 7월
담쟁이 서재에서

/ 차례 /

제1부

제2부

제3부

제4부

제5부

제6부

제7부

제1부

새의 편지

전나무 숲 지나
청암사

가면, 헤프게 웃는 꽃들 훨훨 벗어버린 나목

날마나 부치는 서방정토 우편이
돌,
돌,
세속의 도랑으로
떠내려온다

망개나무 열매 같은
노을 속

지친 새

해탈을 마신다

제2부

파계사

뭇새들
저녁 공양 끝날 무렵,
연못에

팔공산
가을이 들어앉는다

젖은 단풍잎 방석 깔고 앉은 산이 별빛 독경 소리 따라

엄마가 부른 듯, 천천히 일어나 서툰 걸음으로 돌아간다

연못이 안개의
긴 팔로도

붙잡지 못한다

먹고 사는 일

머리 위에서 청설모가
뭔가를 떨어뜨린다,

솔방울 갉아먹고 껍데기를 떨어뜨린다

나는 쇠를 잘라 먹고 사는 사람,

먹어도 먹어도 쨍그랑거리는
사람으로

돌아서자
솔방울 하나 툭, 떨어진다

다시, 봄

꽃 피는 소리에 놀란 새 한 마리
헛발질에 하늘을 난다

눈뜨지 않은 봄은
봄 아니지

졸음 거운 개나리 눈 비비는 눈부신 봄
나무들 날개를 달기 시작했다

발을 쿵, 내 안에 살던 새 한 마리

창 너머로 날려 보낸다

깍지 끼는 강

달성 습지

깍지 끼는 강물 바라보는 거기, 달무리도 흰 손으로

깍지를 낀다 사람들 모두

달맞이꽃,

별도리 없이 한순간이 된다

눈 온 세상

덧니처럼 솟은 집
동안거에 든 산

전깃줄에

묏새

날자, 다시 날리는 눈이다

우리 한번 펑펑 웃자

우리 한번 펑펑 죽자

낙엽

울긋불긋 기침이
매달려 있다

나무가
쓰고 있는 마스크

나무
아래

울긋불긋
흩어지는 사람들

참꽃

비슬산
발치마다

뚝 뚝 꽃물 진다

대견사 풍경소리에

웃는 놈과
우는 놈

봄에 오는 눈

쉬 녹는 눈
함박눈 동백꽃잎 덮으며

아야 아야 붉어진다

꽃잎에서 뛰어내리는 소리

저 꽃
더 서러워질라

멀리서 물소리

보리암

산이 내려앉아 물속으로 빠져들 때

오동꽃 피지

보리암 다가서면
바람이 주인이야

아니 산을 밴 바다야

오동꽃
오월의 입덧이야

제3부

검은 얼굴

화단에 쌓아놓은

화산암 뚫린
구멍마다

어둠이 찼나

가만히 들여다보니 눈 코 입
퀭한 얼굴 같다

한나절 화단에 앉아

한바탕 소나기나
기다린다

실컷
울어나 볼까

구멍 숭숭

돌의 눈에서 흐를 눈물
돌의 뺨으로 죽을 저녁

달이 떠

하얀 얼굴을 가져간다

생선구이

식탁에
제주 앞바다에서 뽑아 올린
고등어 한 마리 누웠다

심 잃은 바다는
잿빛이다

구겨져 있다

사람이 빠져나간
옷은 바닥에 허물어져 있다

간간한 맛은
입 속의 파도가 된다

제4부

옹달샘

수풀 속
샘

진달래 동동

떠

누나의 보리피리
동그랗게

동그랗게

보리떡
보리떡

목련

밋밋한 저녁

나는 나를 추억해 본다

덜 설레고
덜 화나고 가슴 쿵쿵거릴
일
없는 사람

손자 눈웃음 앞에서
내가 나를 알아보고

멋쩍어하는 밤

목련 피었다 울 어무이
나를

젖 먹이러 오셨다

염소 울음

느닷없이 새끼 염소가 음메음메 울어댄다
선잠 깨 투덜대자

엄마는

이노무 자슥아 그게 얼미짜린 줄 아나
 돈 수백만 원 떼먹고 도망간 집에서 끌고 온 우리 집 재산
아이가
 억울해서 우는 소리 아이가

 말하며
 울었다

지금은 7년 병상 날마다 염소 눈만 껌뻑껌뻑 나를 본다

사람 너무 믿지 말고 머리 검은 짐승은 조심해야 된데이

 시골 장날 자식들은 새끼 염소처럼 울음 하나씩 목에 감고
엄마를 기다렸다

욕쟁이 아재

댕자나무집 욕쟁이 아재
탱자 가시 같은 쭈빗한 말로

야 이노무 자슥아 개가 사람 코 문다꼬
사람이 개 코 물 끼가

탱잣빛 저녁노을 뉘엿뉘엿
부애를 삭인다

누가 볼까 봐

완행버스 하루 달려
부산 고모야

나는 부산 와서 기차도 처음 보고
바다도 처음 봤데이
내 나이 스무 살
누가 볼까 봐 치마 밑에 바다를 넣고 손가락으로 찍어
묵어 봤어
소문대로 바닷물이 짜더라
부끄러버서
그 큰 바다를 내 치마 밑에 넣고 묵어 봤어

수몰지구

잠기는 것은 다 서러운가
서러운 것은 다 잠기는가

거창에서 떠밀려 온
황톳빛 이야기를 줍고
조각난 산골 논배미를 건지며

앙금으로 가라앉은
초승달을 기다린다

강정나루

강정 강정 강정 가자
뱃놀이 가자

코흘리개 누부야

나루터 미루나무 한 그루 우두커니
너를 기다린다

어린 날의 깊이로 물 흐른다

어린 날의 높이로 달이 뜬다
강정 강정 강정에

가난의 맛

선잠 깨어 쥐잡기한다

허탕이다

가난은 생각처럼
죽을 줄 모르고 먹어도 배고프다

자줏빛 눈물이다

겨울밤 생쥐가 물어가는
생고구마 맛

옛 생각

검정고무신 안에 파닥거리는 피라미

감자 사리 산 꽃의 설익은 감자 살

누나 달비로 사 먹던 호박엿

쌀 뒤주에 숨어 놀던 숨바꼭질

겉보리로 바꿔먹던 풍개맛

불구멍 난 나일론 양말 뒤꿈치

잊히지 않은 별자리

부자

저것 봐
저녁
향기 잃은 해가
비틀거리며

분도기처럼 구부러져
내
빈 지갑 속으로

들어와

제5부

절개지

겨울 절벽이
잘린 발가락 내놓고
우는

황토 울음

어느 씨족의 젖무덤 하나

잘린 산들이
시린 정강이를 덮는다

황토 무덤

더는 무너질 곳도 없어
꽁꽁

언
저 울음

가버린 뒤쪽

절반은 아름다웠고
절반은 가난해서

봉함엽서 속의 두어 페이지

철없이 사랑을 사랑해 버린
하늘가

높이높이 방패연

제6부

플라스틱

낙타의 발밑으로 흐르는 사막의
검은 피

바다

미라의 근육으로 일어서는 무덤
붉은 문

도시

쇠꽃 심장

고철을 들었던
손바닥에 꽃이 피었다

손금의 줄기 위로 한 송이
꽃

마냥 붉은

내 손에 들린
심장

뛴다

쇠와 사랑은

불타는 총구다
구겨지는 칼이다

오늘은 비가 와서

큰대자로 누워 자는 집이다

당강당강 잘려나간 시간이다
지겹도록 엉겨붙는 녹물이다

그러면 보인다

녹물이 스며드는 저녁놀

용접봉 끝에서 탄다

쇠장수

쇠를 두들겨 깨운다

쇠를 잘라서 싣는다

잘린 새벽을 옮긴다

토막 난 하루를 판다

비 오는 날

막노동 쉬어가는 날

노름쟁이
판돈 커지는 날

그냥저냥 비는 내리고

살맛 난다

사람과 사람 간격 좁혀지는
날

토닥토닥 비

어판장

퍼덕이는 새벽은 어부들의
젖은 소매 끝
등 푸른 물고기로 살아 있다

오늘도 도시의 비늘을 벗긴다

어제보다 더 억센 지느러미로
헤엄쳐 가야 한다

배롱나무

서러워서 붉은 게 아니라
붉어서 서럽다 했지

오래도록 붉어서
오래도록 서러운 여름

제7부

하지 못한 말 한마디

그믐 새벽

울 일 많던 두 눈은 꼭 감고

그대가 동쪽 하늘에
입술만 쏘옥 내미는

혼자 왔다가 혼자 돌아가는

하현달

대암산에 신선이 산다

저 단풍 좀 봐

굽이굽이 찾아온 길, 너럭바위에 차 한 잔 올려놓고
물소리 귀 씻으며

수염 짙은 사내와 백발 아내는

단풍꽃처럼

담쟁이 싹눈

참 먼 길 둘러왔다
고요하게 기어왔다

오월을 스카프처럼 두르고

너라는 낭떠러지로

새의 발밑으로
까치발을 뻗는다

산안개

비 그치면
슬며시 내미는 얼굴

안개가 올라가면 산이 내려오고
산이 올라가면 안개가 내려오고

골골 물소리 재재거리는 새들

산이 옷 벗네
안개가 산을 품네

윤동주

하늘엔

누가 보냈는지 낮달이 떴습니다 발자국 희미하게 금을 긋
던 멍멍이 한 마리
한 입 가득 운동장을 물고 달아납니다

명동학교
깃발

오늘밤 오딧빛 달콤한 어둠 내리면

거기 별이

새벽

페타이어 한 켤레, 검은 열반

새벽 물안개, 은빛 꽃

먼 산릉선 실밥 터지는, 소리

못

너
뾰족한 입술로 다가선 만남
깊숙이
서로를 당긴다

서로의 마음이 언젠가 삭아지겠지만
삐그덕삐그덕 소리 나는 사랑은 싫어

몸통
벌겋게 내려앉으면서도
꼿꼿하게

다가간다

염불암

해탈의 문 지나
나무들 올곧은 업 이룬 곳

염불암 여래좌상
번뇌 씻은 듯 미소 먹은 듯
단풍 드는 소리

참꽃, 사랑

연분홍으로 웃다
연분홍으로 운다

지는 꽃에게 말 걸지 마라

쇠를 물고 날아가는 붉은 새

신용목 시인

1. '지친 새'여서 가능한 '해탈'

시집을 읽고, 가장 먼저 붉은 쇠로 만든 꽃잎이 떠올랐다. 꽃잎은 새소리처럼 켜켜이 하늘에 박혀 있었다. 어떤 손이 소쿠리에서 덜어 허공에 뿌린 것처럼, 그러나 이내 저물녘의 황혼처럼, 쇳빛 꽃잎을 물고 가는 붉은 새 떼들이 내 시야를 가득 메웠다. 묻는다. 어떤 새가 쇠로 된 꽃잎을 물고 날아가 황혼의 하늘이 될 수 있는가? 질문에 대한 답으로 나는 이 시집을 펼쳐보일 수밖에 없다. 적어도 김창제의 시에는 미학이니 서정이니 하는 말로 다 담아낼 수 없는 순간의 건강성이 있기 때문이다. 이렇게 요약할 수 있다.

'고철'과 '쇠'의 기표로 확인되는바 노동을 통해서만 가능한 일상의 정념을, 전통적인 문법을 지키면서도 섬세한 단절과 깊어진 여백으로 펼쳐내는 시. 그것들은 단순히 삶의 진정성만 주장하거나 기예로 다져온 글재간만 앞세워서는 잉태할 수 없는 순간으로 가득 차 있다.

전나무 숲 지나
청암사

가면, 헤프게 웃는 꽃들 훨훨 벗어버린 나목

날마다 부치는 서방정토 우편이
돌,
돌,
세속의 도랑으로
떠내려온다

망개나무 열매 같은
노을 속

지친 새

해탈을 마신다

—「새의 편지」전문

서시격에 해당하는 인용시는 얼핏 보기엔 자연과 합일된 세계를 추구하는 것처럼 보인다. 꽃에서 떨어진 꽃잎과 나무에서 떨어진 낙엽이 떠내려오는 모습을 '서방정토 우편'이라고 표현한 것도 그렇거니와 저녁노을을 이고 도랑으로 내려온 새가 '해탈을 마신다'고 표현한 것에 주목하자면, 그러한 해석을 영 터무니없다고 말할 수는 없을 것이다. 그러나 이 시집 전편을 읽게 되면, 아니 그간 김창제의 작업을 다시 되짚어보면, 자연의 이치와 그에 순응하는 내면을 '해탈'로 연결하는 것만으로는 부족하다는 것을 금방 알게 된다.

아무래도 이 시의 핵심은 '노을 속' '지친 새'에 있다고 해야 할 것이다. 이때 우리가 아는 '해탈'은 단순히 자연의 이치를 깨우치는 데 한정되지 않고, 삶을 지속시키는 건강한 노동을 마무리하는 장면으로 뒤바뀐다. 은연중에 우리는 형이상학적 관념의 세계가 한층 더 심오하다는 생각을 가지고 있다. 그런 심오함은 한편 짚이지 않는 세계가 가진 모호함으로 가득 차 있을 뿐 어떤 육체도 가지지 못한다. 심오함이 스스로를 오직 깨달음 속에만 위치시킬 때, 그것이 행사할 수 있는 영향력이란 기실 우리가 이미 알고 있는 바 궁극에는 처세와 위무의 역할을 하는 '정해진 과정'에 그칠 수밖에 없다. '정해진 과정'이란 거창한 섭리에 대한 찬사에도 불구하고 삶의 알 수 없는 세목들을 상실한 얇고 협소한 장소에 불과하다. 무엇보다도 광활한 미지로 열린 생의 순간들을 '영원'이나 '안식'의 이름으로 합의된 몇

가지 방법으로 봉합하고 만다.

보통 오랜 수행이 해탈의 길이라고 믿는 이들에게 절박한 노동의 하루 그 끝에 해탈이 있다고 말하는 일은 낯설지도 모른다. 아니 그들은 노동을 수행의 한 과정으로 바꿔놓기도 한다. 그런 과정에 동의하는 것은 안타까운 일이다. 삶은 해탈이라는 목표에 도달하기 위한 수행과 같은 과정이 아니라, 영위되는 그 자체가 목표일 수밖에 없기 때문이다. 잎을 떨군 꽃과 나무가 저 생명의 깊이에서 다음 해를 예비하듯이, 새는 오늘과 내일, 노동과 휴식 사이의 순간성 속에서만 자신의 해탈을 감지한다는 것을 알 수 있다. 저 새의 '해탈'이 영원을 상징하거나 완성이나 완료로 지칭되는 '끝'의 순간일 수는 없는 것이다. 그러니 이 시가 말하는 '해탈'에 대해 이렇게 말해야 한다. 그것은 하루의 노동을 다 끝마치고 돌아온, '지친 새'에게만 허락된다.

김창제의 시는 지극한 한순간을 통해 노동이 순결한 생의 과정이자 동시에 진실한 목표일 수 있음을 드러내는데, 다음 시가 그 좋은 예가 될 것이다.

머리 위에서 청설모가
뭔가를 떨어뜨린다,

솔방울 갉아먹고 껍데기를 떨어뜨린다

나는 쇠를 잘라 먹고 사는 사람,

먹어도 먹어도 쨍그랑거리는
사람으로

돌아서자
솔방울 하나 툭, 떨어진다

―「먹고 사는 일」 전문

　어느 소나무 숲에서 화자는 청설모를 지켜보고 있다. '청설모'의 생존 방법, 곧 노동은 '솔방울'을 '갉아먹'는 것이고 청설모는 갉아먹고 남은 솔방울 '껍데기'를 아래로 '떨어뜨린다'. 그를 통해 화자는 자신의 노동을 떠올린다. '나는 쇠를 잘라 먹고 사는 사람'이라고. 그래서 '먹어도 먹어도 쨍그랑거리는/ 사람'이라고. 우리는 솔방울 껍질 하나하나와 '쨍그랑' 소리를 겹쳐놓는 것만으로도 어느 소나무 숲에 선 사람의 삶과 허기, 거기 서린 알 수 없는 비애의 현장에 가닿게 된다. 그러나 시는 거기서 그치지 않는다.

　'돌아서자/ 솔방울 하나 툭, 떨어진다'는 맺음부는 두 가지 측면에서 짚을 수 있을 것이다. 먼저 앞서 '떨어뜨린 껍데기'와 여기서 '떨어진 솔방울'의 차이다. 청설모가 먹고 남은 껍데기를 떨어뜨리는 것을 보며 쨍그랑거리는 자신을 확인했던 화자에게, 먹고 남은 '껍데기'가 아니라 청설모의 먹이인 '솔방울'이 떨어지는 풍경의 의미랄까. 이 또한 여러 층위의 해석이 가능하겠지만, 솔방울을 갉아먹는 청설모가 화자의 '삶과 노동'을 환기하는 대상이라면, 떨어지는 솔방울은 화자 자신에 대한 유비로 작동한다고 볼 수 있을 것이다. 아직 폐기되거나 소진되지 않은 생명성 자체를 환기함과 동시에 그러한 생명성을 향한 모종의 약속 같은 것. 그래서 '솔방울이 떨어지는 일'이 '껍데기가 떨어지는 풍경'을 본 뒤 '돌아서자' 일어나는 일인 것도 우연은 아닐 것이다. 이때 화자가 내딛는 '새로운 걸음'은 저 자연 속에서 자신의 존재를 드러내는 '솔방울'과 다른 의미일 수 없을 것이다.

또한 '솔방울 하나 툭, 떨어진다'라고 할 때 그것이 우연에 의한 자연 낙하인지 청설모의 행위에 의한 사건인지에 따라 그 느낌이 사뭇 달라진다는 점도 고려할 필요가 있다. 물론 자연 낙하여도 청설모에 의한 것이어도 궁극적인 뜻에는 큰 차이가 없다고 할 수 있다. 이 과정을 통해 우리는 '먹고 사는 일'이라는 절대적 생명 과정에 대한 모종의 공감과 그를 통해 자연 체계가 설계해 놓은 생명의 긴밀한 연대를 확인할 수 있기 때문이다. 여기서, 솔방울이 '떨어진다'는 동사도 단순한 사실이거나 일반적인 풍경 이상의 의미를 획득하는데, 올려다볼 수밖에 없는 이 시선의 구도를 통해 김창제의 시가 노동을 인식하는 태도를 짐작할 수 있기 때문이다. 바로 '신성하다'는 식의 구호가 아니라 일상의 감각 체계가 작동되는 과정에 의해 구조적으로 '고양된 것'이라는 느낌을 받는 것이 나만은 아닐 것이다.

그러니 붉은 녹이 묻어난 손에서 뛰고 있는 심장을 발견

하는 다음과 같은 시를 두고 '노동과 언어의 건강성'으로
밖에 말할 수 없는 것은 늘 부족한 감이 없지 않다.

고철을 들었던
손바닥에 꽃이 피었다

손금의 줄기 위로 한 송이
꽃

마냥 붉은

내 손에 들린
심장

뛴다

— 「쇠꽃 심장」 전문

알다시피 국가산업자본주의에서 글로벌금융자본주의
로의 변화는 노동의 형태와 관념을 변화시켰으며 노동시를
적대와 모순으로 단순화할 수 없는 반경 너머로 안내했다.
그러나 한때 민중문학의 중요한 범주로 자리했던 노동시가
그 생명력을 다했다고 말할 수는 없다. 알다시피 전선은 사
라진 것이 아니라 희미해지는 방식으로 더욱 넓어졌고 그
만큼 세계의 폭력성은 한층 정교하고 또 강력해졌다. 이제

협소한 프랙털 속에 갇힌 듯한 노동시는 그럼에도 육체의 물질적 특성에서 그 문제의식을 발아시킨다는 점에서 인간의 본질을 설명하는 데 빠져서는 안 될 중요한 위치를 여전히 점하고 있다고 할 수 있다.

그럼에도 불구하고 노동의 근원에 대한 반문과 불가피한 실존의 양상이 복잡하게 용해된 이 절박한 계급적 증언이 과거의 방식으로 그대로 통용되어서도 안 된다는 것을 이 시들은 말하고 있는 것 같다. 적대와 모순의 현실을 그 대결이나 전망으로 환원하는 데 그치지 않고 보다 근원적이고 보편적인 차원에서 삶의 한순간으로 환기시키는 일. 이 시들이 자연 속에서 살아가는 인간의 건강성을 끝내 지켜내고 있는 까닭은 아마도 여기에 있을 것이다. 그 연대의 힘이 어쩌면 폭력과 야만을 존재의 깊이와 관계의 본질로 분쇄하는 방법론일지도 모르니까. 말하자면 김창제의 시들은 구체적 일상에서 출발하지만 자본이나 권력, 세계의 부조리를 노골화하는 데 머무르지 않고 그것을 극복할 수 있는 근원의 자리와 보편적 가능성을 탐구하고 있는 것이다.

2. '웃음' 과 '죽음' , 그 삶의 전부

다시 말해, 김창제의 시는 노동을 내면화하여 세계의 빈자리를 찾는 데 그치지 않고 그 빈자리 속에 다시 노동과 연대의 감각을 불러들일 수 있는 바탕을 열고 있다. 저 깊이 가라앉은 민중적 서사성을 전언 이전의 실감을 통해 일상의 순간으로 불러오는 일 말이다. 이처럼, 이 시들이 끝내 자아와 세계 사이를 집요하게 꿰매거나 때로 갈라내는 질문이 되고야 마는 이유는, 시 바깥에서 시 속으로 자신의 그림자를 드리우는 세계의 실체를 한순간도 놓치지 않기 때문이라고 할 수 있다. 다음 시 역시 그렇다.

> 덧니처럼 솟은 집
> 동안거에 든 산
>
> 전깃줄에
>
> 묏새
>
> 날자, 다시 날리는 눈이다
>
> 우리 한번 펑펑 웃자
>
> 우리 한번 펑펑 죽자
>
> —「눈 온 세상」 전문

자연 풍경의 한 소묘로 시작하는 전반부는 정적 이미지에 동적 이미지가 결합되는 양상을 보인다. 이 결합을 통해 이 시는 전환의 순간을 드러낸다. 집과 마을, 전깃줄과 묏

새가 있는 풍경으로부터 묏새가 날자 눈이 날리는 것으로
의 전환이 그것인데 지극히 평범하고 일상적인 이 풍경은
그러나 삶의 전부를 드러내는 다음 진술을 불러오는 것이
다. 바로 '우리 한번 펑펑 웃자// 우리 한번 펑펑 죽자'라는
완만한 청유형이나 더없이 강렬한 문장 말이다. 이로 인해
'묏새의 날아오름'은 하나의 사건이 된다. 즉 소소하게 벌
어져 육하원칙으로 서술될 만한 사건이 아니라 세계 전체
를 저며넣어도 좋을 '인생'이라는 사건, '죽음'이라는 사
건이 그 순간 속에 침몰해 있는 것이다. 비록 시 속의 문장
으로 드러나지는 않지만, 희노애락 전부를 거느린 숱한 인
생과 죽음의 장면과 장면들이 '묏새의 날아오름' 속에 켜
켜이 쌓여 있는 것이다. 눈 오는 모양을 당겨와 '펑펑 웃
자', '펑펑 죽자'라고 할 때, 신경림 시인이 "못난 것들은
서로 얼굴만 봐도 흥겹다"(「파장」)고 말하며 질펀한 장마
당을 펼쳐놓는 것과 같은 혹은 서정주 시인이 "괜찮다, 괜
찮다, 괜찮다"(「내리는 눈발 속에는」)고 말하며 끝없이 생
명을 위무하는 것과 같은 느낌이 한꺼번에 찾아오는 이유
도 거기 있을 것이다.

그래서 이 시는 자연에 관한 시이고, 노동에 관한 시이
며, 인생에 관한 시이다. 그리고 저 풍경을 바라보는 화자
의 내면을 상기할 때, 이 시는 고독에 관한 시이기도 하다.
그러나 무엇보다도 눈 내리는 겨울 풍경 앞에 잠시 앉았다
떠나는 묏새 한 마리에 관한 시일 뿐이다. 시는 이렇게 사
소한 것들 속에 전부를 불러들이는 전능을 발휘한다. 그래

서, '덧니 솟은 집'과 '동안거에 든 산'은 우연히 발생한 단면적인 서정이 아니라 겹겹으로 곰삭고 다져진 시간과 공간의 서사가 된다. 삶과 일상과 노동의 먼 길을 다 돌아온 마음이 어느 순간 맞닥뜨린 절대적 찰나 같은 것.

그것은 다음 시에서 보이는 것처럼, '내 안에 살던 새 한 마리'를 풀어주는 일과도 다르지 않을 것이다. 관념이나 깨달음을 통해서가 아니라 '발을 쿵,' 굴리는 오직 저 살아 있는 행위를 통해서만 진실이 되는 몸의 순간 말이다.

꽃 피는 소리에 놀란 새 한 마리
헛발질에 하늘을 난다

눈뜨지 않은 봄은
봄 아니지

졸음 겨운 개나리 눈 비비는 눈부신 봄
나무들 날개를 달기 시작했다

발을 쿵, 내 안에 살던 새 한 마리

창 너머로 날려 보낸다

— 「다시, 봄」 전문

다시 말하지만, 김창제의 시가 전통적인 문법을 지키면

서도 섬세하고 깊어진 방식을 유지하는 이유는 삶의 근원에 대한 변함없는 자각 때문이다. 이 말을 뒤집어보면, 이런 방법론이 가능한 이유는 그의 시가 노동과 실존의 비극성을 낭만적인 수사로 포장하지 않고 그것과 절박하게 동행하기 때문이라고 할 수도 있다. 김창제의 시는 삶의 생생한 현장성을 드러냄으로써 현재적 삶을 새롭게 되돌아보게 만들지만, 시대적 불행을 담론의 틀 안에서 해석하고 공감하는 식의 방법론을 답습하지 않는다. 타자의 불행을 쉽게 아우르거나 자연의 섭리로 통합하는 대신 대상의 실체와 최대한 가까운 자리까지 접근하려는 자세를 통해 삶과 노동이 남긴 인간의 개별성을 최대한 예각화하는 것이다.

특히 이번 시집에서 그 특장이 잘 드러나는바, 단문으로 짧게 호흡을 끊어가면서 특유의 정적인 긴장감을 생성하는 기법을 통해 실존의 한순간을 담담하게 일깨우는 면모는 이제 장인에 가깝다고 해야 할 것이다. 인용시뿐 아니라 거의 전편에서 전언을 내세우기보다는 생의 실감을 통해 일상의 순간들을 전복시키는 저력이 유감없이 발휘되고 있기 때문이다. 이는 앞서 말한 '고철'이나 '쇠'의 기표를 통해 운반되는 노동의 순간들을 문명과 삶에 관한 유효한 성찰로 바꿔놓는 시편들(「플라스틱」, 「쇠와 사랑은」, 「쇠장수」, 「비 오는 날」, 「어판장」 등)뿐만 아니라, 토착적 정서에 기반한 고향과 어머니, 가족과 민중 정서의 오랜 깊이를 보여주는 시편들(「옹달샘」, 「목련」, 「염소 울음」, 「누가 볼까봐」, 「수몰지구」 등)에서도 쉽게 확인된다.

그리고 이러한 특장을 가능하게 하는 것이 투명한 자기 응시에 있음을 보여주는 좋은 사례로 다음 시를 들 수 있다.

화단에 쌓아놓은

화산암 뚫린
구멍마다

어둠이 찼다

가만히 들여다보니 눈 코 입
퀭한 얼굴 같다

한나절 화단에 앉아

한바탕 소나기나
기다린다

실컷
울어나 볼까

구멍 숭숭

돌의 눈에서 흐를 눈물

돌의 뺨으로 죽을 저녁

달이 떠

하얀 얼굴을 가져간다

— 「검은 얼굴」 전문

　나는 이 시 앞에 오래 머무를 수밖에 없었다. 특유의 단
절과 건너뜀, 질문과 단문을 포함하는 자유로운 전개가 감
각적인 문장 위에 한 치의 흐트러짐도 없이 실려 있기 때문
만은 아니다. '한나절'과 '한바탕'도 그렇지만, '구멍 숭
숭'이나 '돌의 눈물'과 '돌의 저녁'으로 이어지는 대구 역
시 빈틈없이 처리되고 있고, '검은 얼굴'과 달이 비춰낸
'하얀 얼굴'을 '소나기'가 만들어낼 '울음'의 이미지로 연
결하는 것까지, 언어를 다루는 비범함은 시집 어디를 봐도
확인할 수 있는 것이다. 그뿐만 아니라 화산암에서 얼굴을
발견한 화자는 어떤 관념에도 기대지 않고 오직 명확한 물
질적 감각적 전도를 통해 자기 반추의 과정을 이어낸다. 화
강암 검은 눈에서 흘러내리는 빗물에 대한 이미지를 하얀
달빛에 비춰내는 솜씨는 실로 절창이라고 할 만하다.
　그러나 중요한 것은 이런 기예가 아니다. 문맥 어디서도
과하게 자신을 드러내지 않으면서 화강암 하나에 자신의
내면 전부를 고스란히 옮겨놓을 줄 아는 그 태도에 있다고

해야 한다. 익히 아는 것처럼 윤동주의「자화상」은 자신의 얼굴을 바라보며 정직한 성찰을 감행함으로써 우리에게 울림을 주었고, 서정주의「자화상」은 자신의 얼굴에 스며 있는 역사적 질곡을 아픈 고백의 서사로 풀어냈다. 이제 김창제는 세계에 존재하는 모든 사물로부터 자신의 얼굴을 발견하며, 동시에 삶과 노동을 통과한 자만이 흘릴 수 있는 '눈물'이 무엇인지, 또 그런 자만이 상정할 수 있는 '죽음'이 무엇인지, 소박하고 담담하지만 누구보다 아프게 되묻고 있는 것이다. 그런 의미에서, 한편으로 그의 시는 인간과 인간을 하나로 묶는 '연대'의 장르라고 말할 수 있다.

3. 도리 없이 파고드는 생의 순간들

무엇보다도 시는 마음이, 기억이, 기쁨과 쓸쓸함과 절망이 일상의 하찮은 부산물이 아니라 세계의 중요한 구성물임을 증명하는 과정이며 그로써 역사가 일상 속에 있다는 것을 보여주는 기술이라고 믿는다. 그리고 그 일상은 우리가 함께 살아가는 시간이자 장소이며, 그 모든 것들과 분리할 수 없는 삶 자체이다. 삶이 생명이고 생명이 함께 살라는 명령이라면 이 시집의 시들은 소박하지만 아름답게 그리고 절대적으로 그 순간을 드러낸다. 우리 모두가 깍지 낀 손으로 달무리를 바라보는 바로 그 '한순간' 속에 세상의 모든 이치가 침몰해 있는 것처럼 말이다.

달성 습지

깍지 끼는 강물 바라보는 거기, 달무리도 흰 손으로

깍지를 낀다 사람들 모두

달맞이꽃,

별도리 없이 한순간이 된다

—「깍지 끼는 강」 전문